INHALT

TAP
TAP
Scene 9

MEHRERE REIHEN ZÄUNE... EINE SOLCHE AB-SPERRUNG IST DOCH NICHT ÜBLICH!
KNIRSCH
KLIRR
ICH BIN SCHON ZIEMLICH WEIT DRIN, ABER EIN ENDE SEHE ICH IMMER NOCH NICHT...

EI, EI, WAS TREIBST DU DENN AN SO EINEM ORT, BÜRSCH-CHEN?

DIESE STATUR ...
DAS SIND EINDEUTIG WERWÖLFE!

ICH WILL EUREN ANFÜHRER SPRECHEN, WÜRDET IHR MICH BITTE ZU IHM BRINGEN?
UNSEREN ANFÜHRER?
HÖR MAL, GEH LIEBER NACH HAUSE, BEVOR DIR WAS SCHLIMMES PASSIERT!
NACH HAUSE? GANZ BESTIMMT NICHT! JETZT, WO ICH DEN UNTERSCHLUPF DER WERWÖLFE ENDLICH GEFUNDEN HABE...
... DA GEH ICH DOCH NICHT EINFACH WIEDER!
WAS? BIST DU NOCH BEI TROST?
...
HEY, DU.
WIE IST DEIN NAME?

MARLENE?
JA, EIN MENSCH, MÄNNLICH. ER SAGT, WENN ICH DIR SEIN AUSSEHEN BESCHREIBE, WEISST DU BESCHEID.
SCHIESS LOS.
1,80 M GROSS, GUT AUSSEHEND, KRÄFTIG, WEISS, LANGE BLONDE HAARE, HELL-BLAUE AUGEN, TRÄGT ANZUG.

BRING IHN MÖGLICHST UNGESEHEN IN DAS EMPFANGSZIMMER IM WESTTRAKT.
WAS IST LOS?
NOLAN UND DIE ANDEREN KOMMEN MIT EINEM GAST HIERHER, KÜMMERE DICH UM DIE WACHABLÖSUNG.
KNARR
...

COYOTE!
DA BIST DU JA!
DACHTE ICH MIR DOCH! WAS GLAUBST DU EIGENTLICH, WIE SPÄT ES IST?!
MIMI...
OKAY, JETZT ABER SCHLUSS FÜR HEUTE! DU HATTEST DOCH SICHER NOCH NICHT MAL ABEND-ESSEN, ODER?!
NEIN... ICH GEH MIR NACH-HER DRAUS-SEN WAS HOLEN...
ICH HAB EH ZU VIEL GEKOCHT, ES GIBT LASAGNE! ISS WAS DAVON, BEVOR DU GEHST, OKAY?!
JA... DANKE...
TUT MIR LEID.

COYOTE... ER IST IN LETZTER ZEIT SO SELTSAM DRAUF...
SEIT DIESEM ABEND...
DIESER MANN... HAT ER DOCH ETWAS MIT GARLAND UND SEINEM ERBEN ZU TUN?

MARLENE?
HE, SAG MAL, IST DAS ...

C... COYOTE, DER MANN EBEN!
DAS KANN DOCH NICHT SEIN?!
DAS GIBT'S DOCH NICHT!
MARLENE KANN UNMÖG-LICH HIER SEIN...

!
KNARR
DANKE EUCH, IHR KÖNNT GEHEN.
OKAY.

NOCH DAZU GARLANDS ERBE... SCHLIMMER GEHT'S NICHT...
WEIL EIN MENSCH EUREN UNTERSCHLUPF GEFUNDEN HAT...
DIR IST DAS SICHER SCHON KLAR, ABER LEBEND KOMMST DU HIER NICHT RAUS.

WARUM BIST DU HERGEKOMMEN? WAS WILLST DU?
ICH WILL LILI SEHEN.
HÄ? LILI?
NUR DESHALB?
ICH SAG EUCH GLEICH, DIE QUERELEN ZWISCHEN EUCH UND MEINER HERKUNFTSFAMILIE INTERESSIEREN MICH NICHT IM GERINGSTEN UND ICH WOLLTE MICH DA AUCH NIE EINMISCHEN.
ICH HAB MICH ALLEIN AUF DIE SUCHE GEMACHT UND SELBSTVERSTÄNDLICH NIEMANDEM VON DEN GARLANDS ETWAS DAVON GESAGT.
ALLES, WAS ICH WILL, IST LILI SEHEN UND MIT IHR REDEN.

KIEFER, WAS REDET DER KERL DA? ICH VERSTEH NUR BAHNHOF.
HABEN WIR HIER EIN MÄDCHEN NAMENS LILI?
ERKLÄRE ICH DIR SPÄTER.
JETZT BIN ICH ECHT SPRACHLOS! NUR DAFÜR KOMMST DU EINFACH SO HER?
ICH BIN MIR BEWUSST, WIE UNREIF ICH HANDLE. ABER ICH KANN AUCH NICHT EINFACH ALLEIN MIT IHM AUS DER STADT VERSCHWINDEN.
AUSSERDEM MUSS AB MORGEN EINE WOCHE LANG JEMAND BEI IHM SEIN, UND DAS KANN NUR ICH.
DIE EINZIGE WAHL, DIE DU NOCH HAST, IST DIE ZWISCHEN LEBENSLANGER GEFANGENSCHAFT UND TOD!
... DENKE ICH ZUMINDEST.

DAS KLINGT ZIEMLICH LEIDEN-SCHAFTLICH, ABER ÜBER-TREIBST DU NICHT ET-WAS?
BITTE LASS MICH ZU IHM.
KLAPPER
BRINGT IHN IN EIN ABGELEGENES »GÄSTEZIMMER« UND SPERRT VON AUSSEN AB. DANN ÜBERPRÜFT, WAS ER BEI SICH HAT, UND NEHMT IHM DAS HANDY WEG.
OKAY.

NOLAN, DU STEHST VIERUND-ZWANZIG STUNDEN AUF DEM FLUR WACHE.
OKAY.
UND STRENGE GEHEIMHAL-TUNG BEZÜG-LICH DIESER SACHE! BEFIEL JEDEM, DER IHN GESEHEN HAT, ABSOLU-TES STILL-SCHWEIGEN.
ÄHM... EINE FRAGE, KIEFER...
WAS DENN?
WER IST DER KERL?
ES IST JOSH GARLAND.
KEIN WORT DARÜBER. DEN WACHEN GEGENÜBER SPRICHST DU NUR VON »BESAGTEM MITGLIED«.
V...VER-STANDEN.

KNARR
MIMI HATTE DAVON GESPROCHEN, SIE HÄTTE MARLENE IN DER GEGEND GESEHEN... ER IST DOCH NICHT WIRK-LICH SO WEIT GEGANGEN?
MARLENE!

!
WUSCH

KNARR
KNARR
KNARR
WAS IST? GEH SCHON WEITER.
LILI!
ICH BIN SO FROH... DU BIST ALSO HIER!

TSCHACK
Scene 10
SCHEPPER
KLIRR

EIN RICHTIGES ZIMMER?
TJA, ICH HÄTTE GEDACHT, MAN STECKT MICH HIER IN EIN SCHÄBIGERES LOCH...
... WENN ICH SCHON NICHT SOFORT TOTGEBISSEN WERDE.
SCHEINT EIN KELLER-VERLIES ODER EIN CONTAI-NER ODER SO WAS ZU SEIN.
SIE SIND EBEN DOCH KEINE WILDEN TIERE.

PLUMPS
HAH ...
ABER EIN GLÜCK, DASS DER ANFÜHRER DER WERWÖLFE EIN SO VERNÜNFTIGER MANN IST.
EINER WIE ER DENKT BESTIMMT AUCH ÜBER MEINEN NUTZEN NACH UND BEZIEHT DAS IN SEINE WEITERE BEURTEILUNG MIT EIN.

LILI...
ICH BIN SO FROH, DASS DU HIER BIST.
OHNE IRGENDEINEN ANHALTSPUNKT ÜBER DEN AUF-ENTHALTSORT DER WERWÖLFE WAR ES REINES RATEN...
EIN GLÜCK, DASS ICH DEN RICH-TIGEN RIECHER HATTE, WIRK-LICH!
UND WAS JETZT? AUCH WENN ICH MIT GLÜCK HERGE-FUNDEN HABE UND LILI SCHON VON MEINER ANWESENHEIT WEISS, ZU IHM KOMME ICH NICHT.
ICH KANN NUR WAR-TEN, BIS ER ZU MIR KOMMT...

MARLENE! WAS HAST DU GETAN?!
WIE KONNTEST DU SO EINE DUMMHEIT BEGEHEN UND HERKOMMEN!
BIST DU WEGEN MIR HIER? UM DICH MIT MIR AUSZUSÖHNEN?
DAFÜR KOMMST DU HER?!

DAFÜR... KOMMST DU HER, AUCH WENN ES DICH DAS LEBEN KOSTET?
COYOTE!
RASCHEL
DA BIST DU JA, ICH HAB DICH GESUCHT!
NOLAN ...
MIMI UND DU, IHR HABT ES VORHIN MITBE-KOMMEN, STIMMT'S? ICH MUSS MIT ALLEN REDEN, DIE DA WAREN.
DARF ICH MICH SET-ZEN?
K... KLAR.

DU HAST DEN MANN GESEHEN?
JA.
DANN WEISST DU VERMUTLICH AUCH, DASS ER UNSERE ZIELPERSON IST: JOSH GARLAND.
KIEFERS BEFEHL LAUTET, ABSOLUTES STILLSCHWEIGEN DARÜBER ZU WAHREN, DASS GARLAND HIER IST.
!
VERSTEHE... WENN DAS DIE RUNDE MACHT, WIRD ES PANIK AUSLÖSEN.
JA, IN DER UMGEBUNG GIBT ES ZU VIELE UN-GUTE VOR-KOMMNISSE.
DESHALB SIND GERADE ALLE ETWAS ÜBEREMP-FINDLICH.

ICH FRAG MICH NUR, WIE ZUM TEUFEL ETWAS ÜBER DIESEN ORT HIER DURCH-SICKERN KONNTE?
UND SEIN VERHALTEN IST MIR AUCH UNVERSTÄND-LICH. HIER GANZ ALLEI-NE AUFZU-KREUZEN...
ICH KAPIER DAS ECHT NICHT!
WAS PASSIERT JETZT MIT IHM?
ER WURDE ERST MAL IN DAS »GÄSTEZIMMER« IM WESTTRAKT GEBRACHT UND WIRD DORT RUND UM DIE UHR BEWACHT.
KIEFER HAT BEFOHLEN, DASS WIR VON IHM NUR ALS »BESAGTEM MITGLIED« SPRECHEN UND UNS ANSONSTEN VON IHM FERNHALTEN SOLLEN.
WARUM?
WARUM? NA, VIEL-LEICHT...
WEIL ES SCHWERER FÄLLT, JE-MANDEN ZU TÖTEN, WENN MAN IN PER-SÖNLICHEN KONTAKT KOMMT UND GEFÜHLE ENT-WICKELT?

ICH SAGTE DOCH, ES IST OKAY! ODER GLAUBST DU, ICH WÜRDE GEGEN SO EINEN MEN-SCHEN KRÄFTE-MÄSSIG NICHT ANKOMMEN, HM?!
D...DAS HAB ICH NICHT GESAGT!
?
RUMMS
WHAMM
TRAPPEL
HEY, DU, FRÜHSTÜCK! DU HAST DOCH BE-STIMMT HUNGER!

FRÜH-STÜCK? FÜR MICH?!
DANKE.
!
ZOSCH
HEY, DU, SCHAU MAL HER!
ZACK
WOW, DAS SIEHT GUT AUS!
VON WEGEN!

DOING
DOING DOING DOING
DOING
DA, JETZT SIEHST DU ES, JA? DAS PASSIERT, WENN MAN EINE FRAU UNTER-SCHÄTZT!
ALSO DENK LIEBER NICHT MAL DRAN, ZU FLIEHEN!
WERDE ICH NICHT.
WAS?
ICH HAB DOCH NICHT ALLES NACH EUCH ABGESUCHT UND ENDLICH HIERHER GEFUNDEN...
... UM DANN ZU FLIEHEN!

A... ACH SO?
DANN IST ES JA GUT! OKAY... ALSO, ISS, BEVOR ES KALT WIRD!
DIESE FRAU...
DAS IST DOCH DIE, DIE GESTERN BEI LILI WAR!
TAP

BIST DU HIER... UM COYOTE ZU SEHEN?
COYOTE? WER IST DAS?
OKAY, DANN WILL ICH MAL SCHLEU-NIGST WAS ESSEN.
DU MUSST DICH NICHT DUMM STEL-LEN! ICH WEISS... EIN BISSCHEN ETWAS.
ICH WILL IHN SEHEN.

KANNST DU MICH ZU IHM BRINGEN?
M... MOMENT MAL, DAS GEHT NICHT!
UND IHN... HIERHER-BRINGEN? BITTE!
WIE VER-ZWEI-FELT ER KLINGT ...
DAS WIRD SCHWIERIG, FÜRCHTE ICH.

ABER SAGEN KANN ICH ES IHM.
KNARR
WHAMM
ALSO, WAS HAST DU JETZT MIT IHM VOR?

LEBENSLANGE GEFANGEN-SCHAFT, ALSO HÖR MAL... ALS DROHUNG, OKAY, ABER DAS WÄRE JA SOGAR MIR ZU HART!
WIE AUCH IMMER, ER SAGT ZWAR, ER HANDELE IM ALLEINGANG, ABER DAS KÖNNEN WIR IHM NICHT EINFACH SO GLAUBEN...
WIR MÜSSEN UNS AUCH SOFORT MASSNAHMEN ÜBERLEGEN, NACHDEM ER UNSEREN UNTERSCHLUPF AUSFINDIG GEMACHT HAT.
DIE KOMMEN SONST MIT IHREN SILBER-KUGELN.
ICH HABE LETZTE NACHT DIE WACHEN AM ANWESEN VON GARLAND VERSTÄRKEN LASSEN.
UND?

BISHER SIEHT ES NICHT DANACH AUS, ALS WÜRDEN SIE AKTIV WERDEN. ABER WIE DU SCHON SAGST, WIR MÜSSEN SCHLEUNIGST MASSNAHMEN ERGREIFEN.
ICH DENKE ABER, ES BESTEHT KEINE UN-MITTELBARE GEFAHR.
AUF JEDEN FALL HABEN WIR JETZT DEN EINZIGEN NACHKOMMEN VON GARLAND IN UNSERER HAND.
DIESER MANN KANN UNS GENAUSO VON NUTZEN SEIN, WIE ER UNS ÄRGER MACHT.
SO-SO...
STIMMT, ES GÄBE TATSÄCHLICH EINEN VER-WENDUNGS-ZWECK FÜR IHN...
FWUPP
...

DIESER MANN... ER SAGT, ER WÄRE NUR WEGEN COYOTE GEKOM-MEN. WOLLTE ER SICH DAMIT AUCH ALS GEISEL ANBIETEN?

VOLL-
MOND...

GLITSCH
GLITSCH
GLITSCH
HAH ...
HAH ...
Scene 11
HAH ...
HAH ...
HAH ...
AH...
MMH!
BEB
ZUCK

HAH...
HAH...
HAH...
HAH...
HAH...
HAH...
HAH...
DAS FÜHLT SICH NICHT GUT AN UND VERSCHAFFT MIR KEINE ERLEICHTERUNG.
ICH GEH DUSCHEN UND DANN EIN BISSCHEN AN DIE FRISCHE LUFT...
KNARR
SPLASH

AH!
COYOTE!
MIMI ...
DU KOMMST GENAU RICHTIG! GIB MIR EIN PAAR KLEIDUNGSSTÜCKE VON DIR!
KLEIDUNGSSTÜCKE? OKAY, ABER WOZU?
DIESER MANN, ER BRAUCHT WECHSELSACHEN. NUR BIS WIR WAS ANDERES FÜR IHN HABEN.
DU SOLLST DICH UM IHN KÜMMERN?
ICH UND NOCH EIN ANDERER BRINGEN IHM DAS ESSEN! UND KLEIDUNG BRAUCHT ER EBEN AUCH!
HAST DU... MIT IHM GEREDET?

ER SAGTE, ER WILL DICH SEHEN.
!
HEY, BRING DU IHM DOCH DIE SACHEN!
NEIN, MACH DU DAS BITTE, MIMI.
WIESO DENN NICHT? IHR STEHT EUCH DOCH NAHE!
DU KANNST DOCH HINGEHEN UND HALLO SAGEN, ER WIRD BESTIMMT ...

ICH KANN NICHT.
ICH KANN IHN NICHT WIEDER-SEHEN.

AH HA HA! GYAH!
!!
AH HA HA!
GYAH!
GYAH!
!!
...

HAH...
KNARR
OH MANN, WAS MACH ICH DENN JETZT?

SORRY, AH! NOLAN, KANNST DU DAS SCHNELL ÜBERNEHMEN?
EIN DRINGENDES GESPRÄCH!
WAS?! ABER ICH... ALSO... ÄH...
BITTE, BEVOR ES KALT WIRD!
DA DRÜCKT SIE MIR EINFACH DAS TABLETT IN DIE HAND... DABEI HAT KIEFER GESAGT, ICH SOLL MICH VON IHM FERNHALTEN...
NA JA, ICH GEB ES EINFACH DER WACHE AUF DEM FLUR, DANN GIBT ES KEIN PROBLEM.
NANU? DU BRINGST HEUTE DAS ESSEN?
MIMI HAT MICH DRUM GEBETEN. WIE LÄUFT'S MIT IHM?
ALLES FRIEDLICH, ABER ICH GLAUBE, IHM IST LANGWEILIG. VIELLEICHT SOLLTE MAN IHM WAS ZU LESEN GEBEN.
WER IST DER KERL EIGENTLICH?
SAG SCHON, NOLAN!
I...IJA, WEISS ICH AUCH NICHT SO GENAU.
HM, NA, EGAL, GEH RUHIG REIN.
ÄH, NEIN, ICH...
HM?

ACH, ICH STELL ES IHM EINFACH AUF DEN TISCH UND HAU WIE-DER AB...

ICH STELL DAS ESSEN HIER HIN.
DANKE FÜR ALLES.
ER HAT FEINE GE-SICHTSZÜGE UND EINE GUTE HALTUNG. SOWEIT ICH WEISS, IST ER MUSIKER, DAS SIEHT MAN IHM AN.
UND DAS SOLL DER ERBE DIESES ROHLINGS GARLAND SEIN...
DIE NACHT IST SO RUHIG, OBWOHL DER MOND HELL LEUCHTET.

DACHTEST DU, BEI VOLLMOND IST MEHR LÄRM? SO WAS WIE DAS HEMMUNGSLOSE HEULEN WILDER TIERE?
ÄH... NEIN...
NA JA, EIN BISSCHEN VIELLEICHT DOCH, JA. ENTSCHULDIGE, ICH WOLLTE NIEMANDEN KRÄNKEN.
TJA, TUT MIR LEID, ABER WIR SIND NUN MAL NICHT DIE WILDEN TIERE, DIE IHR MENSCHEN IN UNS SEHT.

ICH DENKE SOGAR, WIR SIND DEN VERNUNFTGESTEUERTEN MENSCHEN ÜBERLEGEN, SOWOHL WAS CHARAKTER ALS AUCH WAS DAS SOZIALE MITEINANDER ANGEHT.
DAS KANN SEIN, JA.
ZU VOLLMOND GEHT ES HIER EHER RUHIGER ZU ALS SONST.
WER KEINEN PARTNER HAT, NIMMT EIN MITTEL EIN, UM ES ZU UNTERDRÜCKEN. DIE ANDEREN VERBRINGEN DIE ZEIT MIT IHREM LIEBSTEN ZU ZWEIT IM ZIMMER.
ABENDS GEHEN DIE LICHTER IN DEN UNTERKÜNFTEN FRÜH AUS.
DIE VOLLMONDNÄCHTE SIND HIER IMMER SO FRIEDLICH UND RUHIG.

VERSTEHE... DAS IST VIEL ROMANTISCHER, ALS ICH ES MIR VORGESTELLT HATTE.
NUN, ES GIBT SCHON AUCH PAARE, DIE DIESE NACHT ALS EINMALIGEN EVENT IM MONAT NUTZEN UND SICH NACH HERZENSLUST VERGNÜGEN WOLLEN, DIE NÄCHTIGEN DANN ABER AUSSERHALB UND BEWAHREN STILLSCHWEIGEN DARÜBER.
AH HA HA!
DAS IST DANN ABER DOCH SEHR VERNÜNFTIG!
...
IN DER URBANIZATION CONTROL AREA AM RAND DER BERGE LÄSST ES SICH SICHER EINFACHER SO LEBEN ALS MITTEN IN DER STADT...
WARUM LEBEN DANN TROTZDEM GRUPPEN VON EUCH DORT? DAS RISIKO IST DOCH VIEL GRÖSSER, ODER?
...

AUS DENSELBEN GRÜNDEN WIE IHR MENSCHEN.
WIR BRAUCHEN ARBEIT UND GESELLSCHAFT ZUM LEBEN.
ABER ES BIRGT DOCH AUCH VIELE GEFAHREN!
WEGEN LEUTEN WIE EUCH, MEINST DU?

DIE MEISTEN VON UNS SIND IN IHRER MENSCHLICHEN GESTALT NICHT VON MENSCHEN ZU UNTERSCHEIDEN, ABER ES GIBT AUCH EIN PAAR VON MEINER SORTE.
DAS IST ANGEBOREN. ES GIBT AUCH WELCHE MIT AUFFÄLLIGEN ECKZÄHNEN.
ICH FÜR MEINEN TEIL HABE KAUM BEEINTRÄCHTIGUNGEN IM ALLTAG DADURCH, ABER WÜRDEN MENSCHEN MEINE AUGEN SEHEN, WÄRE DAS SICHER EIN PROBLEM.
ABER DESHALB EINSAM UND ABGELEGEN SEIN LEBEN ZUZUBRINGEN...
DAS IST DOCH TRAURIG!

ENT-SCHULDIGE, JETZT IST DAS ESSEN KALT.
ICH GEHE JETZT.
KIEFER HATTE RECHT, MAN SOLLTE SICH NICHT MIT DEM FEIND UNTERHAL-TEN.

HEY, COYOTE, KANN ICH REINKOMMEN?
WIE GEHT ES DIR?
DAS HIER SCHICKT GINO DIR UND DAS DA HING AN DEINER TÜRKLINKE.
SCHNEIDER...
KLAPPER
A... AHA, DANKE.
DIE KLEIDUNG, DIE ICH MIMI GEGEBEN HATTE... SIE HAT SIE ZURÜCKGEBRACHT UND ICH HAB NICHTS MITBEKOMMEN?
WAS IST DAS? KLEIDUNG?
ACH, NICHTS.

DU HAST DAS MITTEL ZUR UNTERDRÜCKUNG GENOMMEN? ABER ES WIRKT BEI DIR NICHT, STIMMT'S?

WARUM IST DAS WOHL SO? DU BIST EBEN DOCH ANDERS ALS WIR, HM?
HE...
UND WER IST DEIN PARTNER? EINER AUS EINEM ANDEREN RUDEL?
WAS REDEST DU DA?! LASS MICH!
WUSCH
ACH, HABT IHR EUCH ETWAS GETRENNT? DANN KANNST DU ES DOCH AUCH MIT MIR TREI-BEN!
ZUCK

SCHNEIDER! WAS TUST DU DENN?!
ZACK
ZUCK
AH!
ZUCK
WENN DICH DAS SCHON SO ERREGT, REICHT DER FINGER DIR DOCH SICHER NICHT AUS, ODER?
MIT DEN KRALLEN KANNST DU JA NICHT MAL ONANIEREN.
ZUCK
WENN DU MEIN PARTNER WÄRST, WÜRDE ICH DICH SO WAS VON VERWÖHNEN, COYOTE.
FUMMEL
FUMMEL

HÖR AUF!
WIESO DENN? WIR SIND DOCH BEIDE FREI, ALSO WARUM SOLLTEN WIR UNS ZURÜCK-HALTEN? HAT DEIN EX DICH ETWA NOCH SO IM GRIFF?
Q... QUATSCH!
DIE HITZE IST DOCH REINER TRIEB.
DA IST ES DOCH EGAL, MIT WEM MAN ES MACHT, HM?
ALSO, LASS ES UNS TUN!
ZERR ZERR
ZERR
AUA!

ALSO SAG MAL!
S...S... SORRY, VERSUCHEN KANN MAN ES DOCH MAL!
DU BIST STÄRKER ALS SONST!
GNNN
HAU JETZT AB, LOS!
OKAY, OKAY! ABER SOLLTE DIR DANACH SEIN, MELD DICH JE-DERZEIT!
ICH BIN ECHT GUT! ♥
WHAMM
HAH ...
HAH ...
HAH ...
HAH ...

ES IST EGAL, MIT WEM MAN ES MACHT?! VON WE-GEN!
HAH...
HAH...
DAS KANN NUR EINER...
SCHNÜFF
BOING

HAH!
HAH!
HAH ...
HAH ...
HAH ...
AH!
HAH ...
HAAH ...
KNICK KNICK
MMH...
... LENE ...
ZUCK

MMH... HAH...
ZUCK
MAR-LENE ...
ZUCK
AH!
AH!
ZUCK
MAR-LENE!
AAH!
ZUCK

HAH...
HAH...
HAH...
HAH...
HAH...
TICK
TICK
TICK
TICK

WARUM GEHT MARLENE SO WEIT, UM MICH WIEDERZUSEHEN?
DAS GEHT MIR NICHT AUS DEM KOPF.

ER KÖNNTE DOCH DABEI ERMORDET WERDEN ODER NIE WIEDER FREI-KOMMEN...
WARUM GEHT ER SO WEIT? WAS WILL ER MIR DAMIT SAGEN?
ICH WILL EINE ANT-WORT...

ICH WILL DEN GRUND WISSEN, AUS SEINEM MUND!

DER SIEBTE MORGEN, SEIT ICH HIER BIN... DIE VOLLMONDPERIODE IST DANN WOHL VORBEI...
UND LILI... IST NICHT GEKOMMEN.
DEM ZU WIDERSTEHEN MUSS IHN WAHNSINNIGE WILLENSKRAFT GEKOSTET HABEN...
KLAPPER
KNARR

DU BIST DOCH ECHT UNSCHLAG-BAR.
AM ENDE DER VOLL-MONDPERIODE IN DIESER GESTALT HIER AUFZUTAU-CHEN!

OH MANN... DEINE WILLENSSTÄRKE ÜBERSTEIGT WIRKLICH MEINE VORSTELLUNGSKRAFT.
PLUMPS
HEY, LILI...
WOLLEN WIR UNS EIN BISSCHEN UNTERHALTEN?

Scene 12
WENN DU IN DIESER GESTALT ZU MIR KOMMST... WILLST DU DAMIT AUS-DRÜCKEN, DASS DU NICHTS SAGEN WIRST?
ABER ZUHÖREN, DAS WIRST DU?

HAH
MEINE ELTERN STARBEN BEIDE, ALS ICH NOCH KLEIN WAR.
ICH BESUCHTE IN DIESER ZEIT EIN INTERNAT.
DIE POLIZEI SPRACH IN IHREM OFFIZIELLEN BERICHT ZWAR VOM ANGRIFF EINES RUDELS WILDER HUNDE, ABER ÜBERLEBEN-DE AUGENZEUGEN AUS DEM CLAN BERICHTETEN...
... ES WÄREN EINDEUTIG WERWÖLFE GEWESEN.

ES GAB KAUM ANHALTS-PUNKTE BEI DER SUCHE.
ZWEI MONATE LANG HABEN SIE JEDEN STEIN UM-GEDREHT.
MEIN GROSSVATER SIMON HALF UMFASSEND DABEI MIT.
AM ENDE SPÜRTEN SIE DREI WERWÖLFE IN EINEM VERLAS-SENEN HAUS AUF UND WOLLTEN RACHE ÜBEN.

MIT MIR ZUSAMMEN WAREN ES 19 MÄNNER.
DU WARTEST BITTE HIER.
KLIRR
RUMMS
SCHEPPER
ALS DIE SCHREIE UND SCHÜSSE AUFGEHÖRT HATTEN, GING ICH IN DAS HAUS.

HAH
HAH
ALLE VOM GARLAND-CLAN WAREN TOT UND DIE DREI WERWÖLFE LAGEN IM STERBEN.
HAH
HAH
HAH
HAH

BEI DEM STARKEN BLUTVERLUST WAR ICH SICHER, ICH WÜRDE AUCH STERBEN.
MIT DER SCHROTFLINTE ERLEDIGTE ICH DIE BEIDEN ANDEREN AUCH NOCH, DANN WURDE ICH BEWUSSTLOS.
ALS ICH AUFWACHTE, LAG ICH IM KRANKENHAUS UND ERFUHR VON DEN PFLEGERN, DASS MICH JEMAND DORTHIN GEBRACHT UND SIE INFORMIERT HATTE.
ICH ERINNERTE MICH VAGE AN EINEN MANN, DER MICH GE-TRAGEN HATTE.
DIE KRÄFTIGE, GROSS GE-WACHSENE STATUR, ALS ICH HOCH-BLICKTE...

ES WAR ZWEIFEL- LOS EIN WERWOLF GEWESEN.
MICH ÜBERFIEL DAS GRAUEN, OB WIR NICHT EINEN SCHRECK- LICHEN FEHLER BEGANGEN HATTEN.
DER FUNDORT DER LEICHEN HINTERLIESS ZUSÄTZLICHE FRAGEN BEI MIR...

AUF DEN FOTOS VOM TATORT LAGEN DIE BEIDEN MIT GEFALTETEN HÄNDEN DA.
ES KAM MIR KOMISCH VOR, DASS MAN SIE AM TATORT SO VORGEFUNDEN HABEN SOLLTE, UND ALS ICH BEI DEM ZUSTÄNDIGEN KRIMINALBEAMTEN NACHFRAGTE…
SO LAGEN SIE SCHON DA, ALS WIR ZUM TATORT KAMEN, JA.
ES WIRKTE AUCH SO, ALS WÄREN IHRE HAARE UND DIE KLEIDUNG IN ORDNUNG GE-BRACHT WORDEN, UND ES GAB SPU-REN, DIE DARAUF HINDEUTETEN, DASS DIE LEICHEN BEWUSST NEBEN-EINANDER PLAT-ZIERT WORDEN WAREN.
MICH HAT BESCHÄFTIGT, WIE DAS SEIN KANN, WENN ES WILDE HUNDE GEWESEN SEIN SOLLEN…

AUCH NACHDEM ICH AUS DEM KRANKENHAUS ENTLASSEN WORDEN WAR, BESCHÄFTIGTE MICH DAS WEITER.
MIR GING NICHT AUS DEM KOPF, DASS ES EIN ZEICHEN DER EHRERWEISUNG DER WERWÖLFE MEINEN TOTEN ELTERN GEGEN-ÜBER GEWESEN SEIN KÖNNTE.
DER GEDANKE WÄRE MIR NIE GEKOMMEN, HÄTTE NICHT MIR SELBST EIN WERWOLF DAS LEBEN GERETTET.

ICH HATTE VON MEINEM GROSSVATER IMMER ZU HÖREN BEKOMMEN...
... WERWÖLFE WÄREN WILDE BESTIEN.
ICH BEGANN, ÜBER DEN KRIEG ZWISCHEN DEN GARLANDS UND DEN WERWÖLFEN NACHZUFORSCHEN.
WIE ALLES BEGONNEN UND WER DEN ANFANG GEMACHT HATTE, DARÜBER KONNTE ICH NICHT VIEL HERAUSFINDEN...
... ABER EINS WURDE OFFENSICHTLICH: DIE TRAGÖDIE MEINER ELTERN WAR NUR EIN EREIGNIS IN EINEM LANGEN VERGELTUNGSKRIEG, UND OBWOHL SIE MIT DIESEM KRIEG GAR NICHTS ZU TUN GEHABT HATTEN...
... WAREN SIE WEGEN MEINES GROSSVATERS ZU OPFERN GEWORDEN.

ZU ERFAHREN, DASS MEINE ELTERN NUR DESHALB HATTEN STERBEN MÜSSEN, LIESS MEINE TRAUER NUR NOCH GRÖSSER WERDEN.
...
HAH...
ICH WAR DAMALS NOCH EIN KIND UND ES ÜBERFORDERTE MICH, DARÜBER NACHZUDENKEN, WAS MIR GENOMMEN WORDEN WAR UND WIE ICH JETZT WEITERMACHEN SOLLTE.

ICH WUSSTE NUR, ICH WILL SO WEIT WEG VON DEN GARLANDS UND DEN WERWÖLFEN WIE NUR MÖGLICH, UND SO VERLIESS ICH DIE FAMILIE.
DOCH SOOFT ICH AUCH WEGGING, VOR MEINEM GROSSVATER KONNTE ICH NICHT FLIEHEN... ICH WAR ES SO SATT...
ALSO HANDELTE ICH FOLGENDES MIT IHM AUS: ICH WÜRDE DEN CLAN DREI JAHRE LANG IN DER STADT BEIM AUFSPÜREN DER WERWÖLFE UNTERSTÜTZEN, DAFÜR MÜSSTE ICH DANACH NIE WIEDER ETWAS MIT DEN GARLANDS ZU TUN HABEN.
ALS ARBEITER GEKLEIDET KUNDSCHAFTETE ICH TAGSÜBER ALLE MÖGLICHEN ORTE AUS...
... ABER ABENDS DURFTE ICH UNABHÄNGIG DAVON ALS PIANIST ARBEITEN, DAS GAB MIR EINEN SINN.

DIE VEREINBARTEN DREI JAHRE GINGEN GERADE DEM ENDE ZU, ALS ICH IN EINEM NACHTKLUB NACHFORSCHUNGEN ANSTELLEN SOLLTE.
ES SOLLTE MEIN LETZTER AUFTRAG SEIN.
UND DANN... WARST DA DU.

IRONIE DES SCHICKSALS... ICH HABE MICH AUSGE-RECHNET IN EINEN WERWOLF VERLIEBT, AUCH WENN ES ABGEDROSCHEN KLINGT.
OFT BEKAM ICH ANGST, MICH WEITER AUF DICH EINZULASSEN, WENN DU MICH SO ANGESEHEN HAST.

VIELLEICHT HABE ICH SCHON GEAHNT, DASS ES SO KOMMEN WÜRDE.
ICH BIN EIGENTLICH KEIN FATALIST, DESHALB LIEGT ES MIR FERN, SO ETWAS ZU SAGEN, ABER...

LILI ...
ENTSCHULDIGE, ICH WAR DUMM, ICH HÄTTE ES DIR GLEICH SAGEN MÜSSEN.
WENN DIE WERWÖLFE MICH HASSEN, IST MIR DAS EGAL... ABER NICHT DU!
ICH HATTE NICHT DEN MUT.
ICH HAB MICH IN DIE HOFFNUNG GEFLÜCHTET, NICHTS ZU SAGEN WÄRE BESSER UND ES WÜRDE SCHON IRGENDWIE GUT GEHEN.

ICH WERDE DIR NIE WIEDER ETWAS VER-SCHWEI-GEN!
NIE WIEDER!
ZACK

OKAY.

ICH HÄTTE... DIR RICHTIG ZUHÖREN SOLLEN.
ES WAR NICHT DEIN FEHLER.
TUT MIR LEID... DASS DU HIERHER-KOMMEN MUSS-TEST...
LILI ...

ICH LIEBE DICH, LILI.
ICH LIEBE DICH! ICH LIEBE DICH...
BADUMM

PEEPEEP
PEEPEEP
PEEPEEP
PEEPEEP

PEEPEEP
PEEPEEP
PEEPEEP
ICH MUSS GEHEN... DIE WACHE KOMMT ZURÜCK.
PEEPEEP
PEEPEEP

KOMMST DU WIEDER?
NICK

KLAPPER
WARTE AUF MICH, ICH KOMME WIEDER.
VER-SPRO-CHEN!
WHAMM

...
PLUMPS
SCHWANK

Scene 13
KLOPF KLOPF
ES IST OFFEN.
KLAPPER
WAS GIBT'S?
ICH MUSS MIT DIR REDEN, HAST DU EINEN MOMENT?

WILLST DU ETWAS TRIN-KEN?
AH... ICH MACH DAS SCHON.
KLIRR
KLIRR

ICH MÖCHTE DIR ETWAS ÜBER JOSH GARLAND SAGEN.
E... ER...
KLIRR
ER UND ICH KENNEN UNS SCHON EINE WEILE, ER HAT KLAVIER IN EINEM KLUB GESPIELT, IN DEM ICH ÖFTER WAR.
ICH KANNTE SEINEN NAMEN NICHT, ABER WIR HABEN UNS REGELMÄSSIG GETROFFEN.

WHAMM
ICH HAB MIR SCHON SO WAS GEDACHT, NACHDEM DU IN DIESER VERFASSUNG WARST.
GNNN
!
MUSS HART FÜR DICH SEIN.

WAS WILLST DU JETZT TUN?
ICH WILL NICHT, DASS ER GETÖTET WIRD!
ER HAT MIT DEM GAR-LAND-CLAN NICHTS MEHR ZU TUN... ER SOLL NICHT STERBEN!
ER DARF NICHT STERBEN!
DANN GIBT ES NUR EINE ALTERNATIVE. ER MUSS FÜR DEN REST SEINES LEBENS ALS GEFANGENER HIERBLEIBEN UND KANN NIE WIEDER RAUS.

A... ABER DAS...
WAS GLAUBST DU, WARUM ICH VOR AL-LEN GEHEIM HALTE, DASS ER HIER IST?
DAMIT KEINE PANIK AUS-BRICHT... UND UM IHN ZU SCHÜT-ZEN...
RICHTIG. WENN RAUSKOMMT, DASS ER GARLANDS ERBE IST, GEHT DAS NICHT GLIMPFLICH AUS FÜR IHN. ES GIBT HIER VIELE, DIE ANGEHÖRIGE DURCH DIE GARLANDS VERLOREN HABEN.
ALLEIN IHN HIERZU-BEHALTEN IST SCHON SCHWIERIG GENUG.
...
PEEP
PEEP
OKAY, ICH KOMME.

WIR HABEN JETZT EINE BESPRECHUNG ÜBER DAS WEI- TERE VORGEHEN BEZÜGLICH JOSH GARLAND.
KOMMST DU MIT, COYOTE?
WAS DIE SACHE MIT DIESEM JOSH GARLAND BETRIFFT, HALTE ICH ES FÜR EINE GUTE IDEE, IHN ALS GEISEL ZU NUTZEN.
JA, WENN MAN DEN ALTEN GAR- LAND ZUM SCHWEIGEN BRINGEN KANN, DANN SO.
WENN WIR ES GESCHICKT ANSTELLEN, KANN ER EIN SCHUTZSCHILD FÜR UNS WERDEN.
ALS GEISEL?

ACH SO... MARLENE HAT AUCH DAS MITBE-DACHT, ALS ER HER-KAM...
ER SCHEINT DAS SELBST EINGEPLANT ZU HABEN.
WAS SOLL DAS HEISSEN?
WESWEGEN IST ER ÜBER-HAUPT HERGE-KOMMEN? MIT WELCHEM ZIEL?
ER WILL EIN ENDE DES KRIEGES.
GARLANDS ERBE WILL DEN KRIEG BEENDEN? IM ERNST?

JA, ES IST WAHR.
WIE'S AUSSIEHT, IST ER BEREIT, MIT UNS ZUSAMMENZUARBEITEN.
SOLLEN WIR ERST MAL EIN FOTO VON IHM IN HANDSCHELLEN AN DEN ALTEN GARLAND SCHICKEN?
ABER IST DAS NICHT ZU UNVORSICHTIG? WAS, WENN ES NACH HINTEN LOSGEHT?
DANN SCHICKEN WIR EBEN EIN FOTO, AUF DEM DER KERL MISSHANDELT AUSSIEHT. MUSS JA NICHT WIRKLICH PASSIERT SEIN.
WIRKT ABER DOCH ÜBERZEUGENDER, WENN WIR ES WIRKLICH TUN.
EIN PROBLEM HABEN WIR ABER NOCH.
WIE SOLLEN WIR HIER MIT IHM VERFAHREN?

TJA... REIN VOM AUFWAND HER WÄRE ES DAS EINFACHSTE, WIR LIEFERN EINEN BEWEIS DAFÜR, DASS ER LEBT, BRINGEN IHN ABER UM.
WENN WIR VORHER EIN VIDEO VON IHM AUFNEHMEN, KÖNNEN WIR IMMER MAL EINEN SCHNIPSEL DAVON VORWEISEN.
STIMMT, ES WÄRE ECHT EIN UNGLÜCK, WENN ER WIEDER ENTKOMMT.
ABER JEMANDEN UMZUBRINGEN, DER EIN ENDE DES KRIEGES WILL...
WAS DENKST DU, KIEFER?
IHN EIN LEBEN LANG HIER GEFANGEN HALTEN WIRD NICHT GEHEN.

?
NUN, ICH ERWARTE MIR NICHT ALLZU VIEL DAVON, IHN ALS SCHUTZSCHULD ZU VERWENDEN.
HM?
WAS SOLL DAS JETZT? KIEFER HATTE DOCH VORHIN NOCH GESAGT, DAS WÄRE DIE EINZIGE ALTERNATIVE...
GINO, ICH WÜRDE GERNE DIR DIE SACHE ÜBERLASSEN, KÜMMERST DU DICH DARUM?
KLAR, DANN SETZE ICH MAL SCHLEUNIGST EINEN FOTOTERMIN AN, ODER?
BITTE, JA. ABER MACH ES NICHT ZU PROVOKATIV.

DIE NACHRICHT, DIE JOSH ANGEKÜNDIGT HATTE! DANN GEHT ES IHM GUT?!
TIP
TIP
END-LICH!
WHUPP

ALLEN, WENN DIESE NACHRICH ERHÄLTST, BIN WOHLBEHALTEN DEN WERWÖLFE ANGEKOMMEN
VERMUTLICH WERDE ICH KEINEN KONTAKT NACH DRAUSSEN HERSTELLEN KÖNNEN, DESHALB HABE ICH DIESE NACHRICHT HINTERLASSEN.
WAHRSCHEINLICH WERDEN DIE WERWÖLFE MICH ALS GEISEL BENUTZEN.
DIESE TATSACHE WERDEN SIE AUF IRGENDEINEM WEG DEM CLAN MITTEILEN. UM SICH DESSEN ZU VERGEWISSERN, WIRD BALD JEMAND VOM CLAN ZU DIR KOMMEN UND NACH MIR FRAGEN.
ICH MUSS DIR WOHL NICHT SAGEN, DASS DU DICH KOMPLETT AHNUNGSLOS STELLEN MUSST. SAG AUCH KEIN WORT VON DER URBANIZATION CONTROL AREA.
A...ALS GEISEL? JA KLAR, ER IST TROTZ ALLEM IMMER NOCH GARLANDS ENKEL...
WAS ICH DIR JETZT SCHREIBE, IST SEHR WICHTIG, UND NUR DU ERFÄHRST DAVON. HÄTTE ICH NICHT SELBST DAMIT GEHADERT, HÄTTE ICH ES DIR SCHON FRÜHER GESAGT. BITTE ERZÄHL ES NIEMANDEM.
WAHRSCHEINLICH WERDEN DIE WERWÖLFE IN KÜRZE ETWAS GEGEN DEN CLAN PLANEN.
KONKRETES WEISS ICH NICHT, ABER ES KANN SEIN, DASS ES MEHR TOTE UND VERLETZTE GEBEN WIRD ALS JEMALS ZUVOR.
WENN IRGENDWIE MÖGLICH, WILL ICH DAS VERHINDERN.

BITTE HALTE DICH FÜR DEN ERNSTFALL ZUR FLUCHT BEREIT...
... ABER KUNDSCHAFTE BIS DAHIN INNERHALB DES CLANS AUS, OB ES AKTIVITÄTEN GIBT.
BITTE TU NICHTS UNVERNÜNFTIGES! SOLLTE ES GEFÄHRLICH WERDEN, VERLASSE SOFORT MIT DEINER FAMILIE ZUSAMMEN DEN CLAN.
EIGENTLICH WOLLTE ICH DAS ALLES VORHER PERSÖNLICH MIT DIR BESPRECHEN, ABER ICH WUSSTE, DU WÄRST DAGEGEN, DESHALB HABE ICH ANDERS ENTSCHIEDEN, TUT MIR LEID.
DA DAS ALLES NUN SCHON SEINEN ANFANG GENOMMEN HAT, BITTE ICH DICH UM VERSTÄNDNIS UND DASS DU ES SO MACHST, WIE ICH GESCHRIEBEN HABE.
ICH HOFFE, WIR SEHEN UNS IRGENDWANN WIEDER.
W...WAS SOLL DAS, EINFACH SO?!
WAS ZUM TEUFEL SOLL DAS WERDEN?! TOTE UND VERLETZTE?! DAS HAUT ER MIR EINFACH PLÖTZLICH UM DIE OHREN?!
ÄH...

MARLENE, ICH BIN'S! ICH KOMME REIN!
LILI?!
KNARR
LILI!

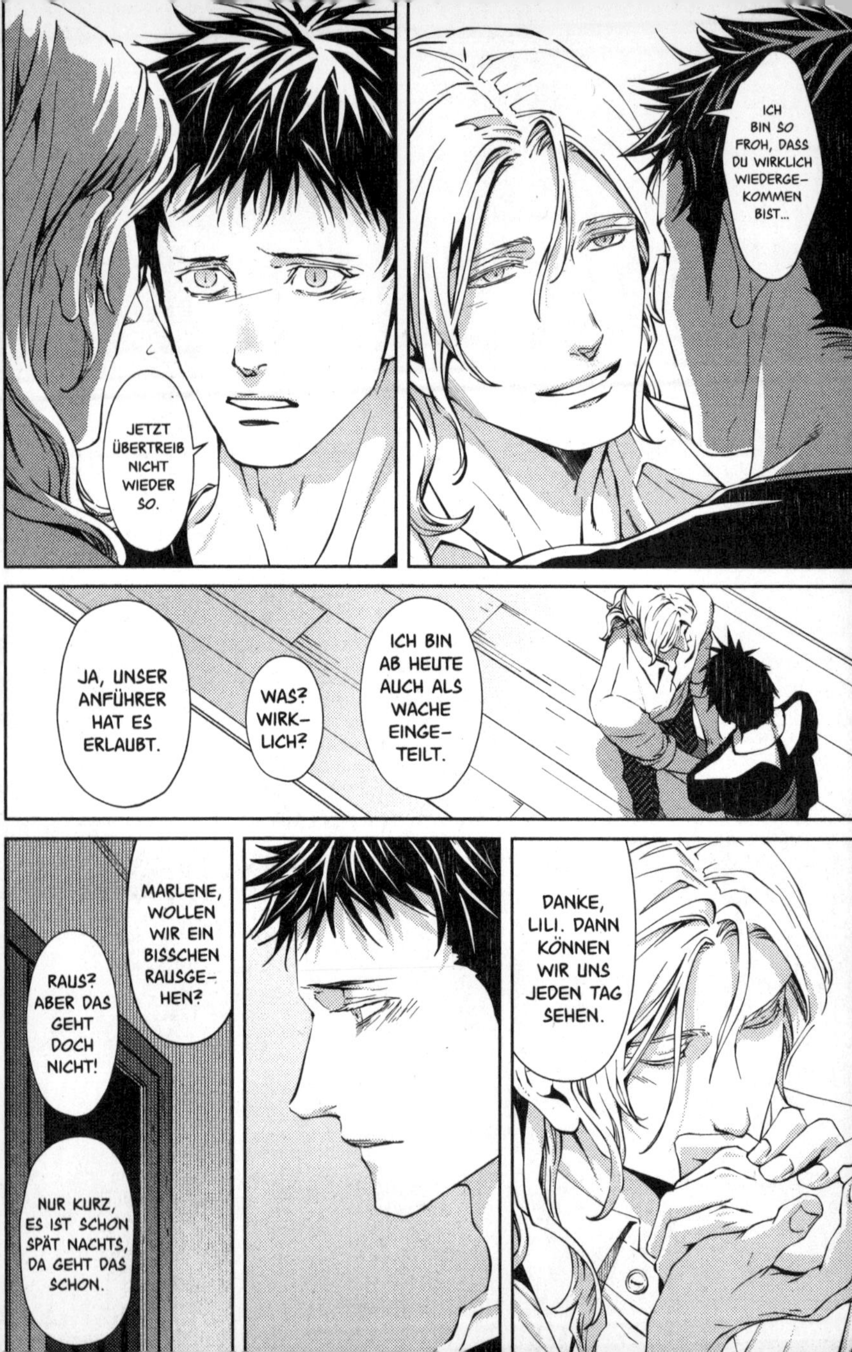
ICH BIN SO FROH, DASS DU WIRKLICH WIEDERGEKOMMEN BIST...
JETZT ÜBERTREIB NICHT WIEDER SO.
ICH BIN AB HEUTE AUCH ALS WACHE EINGETEILT.
WAS? WIRKLICH?
JA, UNSER ANFÜHRER HAT ES ERLAUBT.
DANKE, LILI. DANN KÖNNEN WIR UNS JEDEN TAG SEHEN.
MARLENE, WOLLEN WIR EIN BISSCHEN RAUSGEHEN?
RAUS? ABER DAS GEHT DOCH NICHT!
NUR KURZ, ES IST SCHON SPÄT NACHTS, DA GEHT DAS SCHON.

DU BIST DOCH SEIT EINER WOCHE NUR HIER IM ZIMMER.
ALSO KOMM!

HIER BIST DU ALSO AUFGEWACHSEN... EIN SCHÖNER ORT. SO BELEBT UND GLEICHZEITIG FRIEDLICH, MIT DEN SPIELENDEN KINDERN TAGSÜBER.
ES GIBT GENAUSO VIELE NERVIGE ALTE LEUTE HIER, WIE ES KINDER GIBT.
DIE FRAU, DIE MIR IMMER DAS ESSEN GEBRACHT HAT, SETZT SICH FÜR DICH EIN, KANN DAS SEIN?
JA, SIE HEISST MIMI. SIE HAT AUCH GESTERN DIE ANDEREN WACHEN ABGELENKT, ALS ICH BEI DIR WAR.
VERSTEHE... SIE BEMÜHT SICH IMMER, DAS ESSEN NOCH WARM ZU BRINGEN, SIE IST NETT. EIN SÜSSES MÄDCHEN.
UND DER MANN MIT DER SONNENBRILLE... SO EIN GROSSER, FREUNDLICHER KERL, MIT DEM HAB ICH MICH AUCH KURZ UNTERHALTEN.
NOLAN? ER IST WIRKLICH BESONDERS NETT, MIT DEN BEIDEN BIN ICH SEIT DER KINDHEIT BEFREUNDET.

LILI HAT GELÄCHELT.
IST DAS HIER EIN LAGER ODER SO WAS?
DAS IST DIE TISCHLEREI. HIER STELLEN DIE HAND-WERKLICH GESCHICKTEN LEUTE MÖBEL UND DINGE FÜR DEN HAUSHALT HER.
WAS? IHR BAUT MÖBEL SELBST?
WIR KÖNNEN NICHT EIN-FACH WIE DIE MENSCHEN EINER ARBEIT NACHGEHEN.
DESHALB ARBEITEN WIR IN BEREICHEN, WO WIR MÖGLICHST WENIG MIT DER AUSSEN-WELT IN KONTAKT KOMMEN.
NOLAN ZUM BEISPIEL ALS WEBDESI-GNER...
... UND MIMI HAT EINEN EIGENEN ONLINESHOP FÜR PLÄTZ-CHENBACKEN UND ZUBEHÖR.
EINIGE ARBEITEN IN JOBS, WO SIE MIT IHRER GRÖSSE UND DEM KÖRPERBAU NICHT AUFFALLEN, WIE AUF DEM BAU ODER BEI UMZUGS-FIRMEN... AH, WIR HATTEN AUCH MAL JEMANDEN, DER KLAVIERE TRANS-PORTIERT HAT.
ACH JA? DANN HAT ER VIELLEICHT AUCH SCHON FÜR MICH GEARBEITET.

UND ALS WAS ARBEITEST DU?
NORMALER-WEISE HELFE ICH AUCH HIER BEI DER HOLZ-VERARBEITUNG.
DA ICH ÄUSSERLICH NICHT VON MENSCHEN ZU UNTERSCHEIDEN BIN, KANN ICH ABER AUCH MIT DER AUSSEN-WELT IN KONTAKT TRETEN UND DORT DINGE ERLEDIGEN, WENN ETWAS ANSTEHT.
ACH SO IST DAS... VERSTE-HE...
WAS DENN?
DAS HÖRE ICH ZUM ERSTEN MAL VON DIR. ICH WILL MEHR ÜBER DICH WISSEN.
ICH WERDE DIR MIT DER ZEIT ALLES ERZÄH-LEN.

LILI?
JA, ES KAMEN EIN PAAR LEUTE ZU MIR UND HABEN FOTOS GEMACHT. ICH SCHÄTZE, UM MEINEM GROSSVATER EINS ZU SCHICKEN?
DU HATTEST DAS ALSO TATSÄCHLICH VON ANFANG AN VOR...
ES WAR DAS NAHELIEGENDSTE, WENN ICH DICH SEHEN WILL. ICH DACHTE, DANN KÖNNEN DEINE LEUTE MICH AUCH FÜR IHRE ZWECKE NUTZEN.
HEUTE WURDE ÜBER DAS WEITERE VORGEHEN DICH BETREFFEND GESPROCHEN.
LILI, HÖR ZU.
VIELLEICHT DENKST DU, ES WÄRE DEINE SCHULD, DASS ICH IN DAS ALLES HIER REINGERATEN BIN, ABER DA LIEGST DU VÖLLIG FALSCH.
ICH WOLLTE DEIN VERTRAUEN ZURÜCKBEKOMMEN UND VIELLEICHT LÄSST SICH SO SOGAR DER KRIEG ZWISCHEN DEN WERWÖLFEN UND DEM GARLAND-CLAN BEENDEN.

ICH WUSSTE, ES GIBT KEINE ANDERE MÖGLICHKEIT, DESHALB BIN ICH VOLLER FREUDE HERGEKOMMEN.
VERSTEHST DU, WAS DU DA SAGST? DU KOMMST HIER WAHRSCHEINLICH NIE WIEDER WEG! DU MUSST SOGAR DAMIT RECHNEN, DASS MAN DICH TÖTET!
DEINE LEUTE TÖTEN MICH SICHER NICHT, DAVON BIN ICH IMMER ÜBERZEUGTER, SEIT ICH HIER BIN!
ABER SELBST WENN... DEN REST DEINES LEBENS IN DIESEM ZIMMER ZU VERBRINGEN, DAS GEHT DOCH NICHT!
DU DENKST VIELLEICHT, WENN DAS ALLES EIN ENDE FINDET, LOHNT ES SICH, DASS DU DICH OPFERST, ABER DAS WILL ICH NICHT!
MIR MACHST DU DAMIT KEINE FREUDE!
AUSSERDEM...

... HAST DU HIER KEIN KLAVIER.
LILI, MACH NICHT SO EIN GESICHT... SO GROSS, WIE ES AUF DEN ERS-TEN BLICK AUSSIEHT, IST DAS OPFER NICHT.
WEISST DU, LILI... ICH KANN DOCH NICHT ALS EINZIGER DURCH DIE WELT GEHEN UND ALLES HABEN, OHNE SELBST VER-LUSTE ZU ERLEIDEN.
WENN ICH ETWAS WILL, MUSS ICH DAFÜR OPFER BRINGEN... SO IST DIE WELT EBEN, DENKE ICH.

SAG DAS NICHT, ICH KRIEG DAS SCHON IR-GENDWIE HIN!
NEIN, ICH KRIEG DAS SCHON HIN!
DANN KRIEGEN WIR ES EBEN ZU-SAMMEN HIN.
ZUSAM-MEN?
JA, ZUSAM-MEN.

JA, SO MACHEN WIR ES.
LILI, SIEH MICH AN.
ICH HABE DOCH DICH.

W...
WAS...
The travelers quietly returned to their seats and they chatted each other softly in different words of a new feeling like a hearty sadness The swan station is just around the corner Oh I ll be there by 11 o clock or so As soon as the gr

Coyote-

HIER, BITTE.
Scene 14
DEIN GROSSVATER HAT BISHER NICHT REAGIERT. IST DER ZUGRIFF GEÖFFNET? IST VIELLEICHT BESSER, WENN MAN DIE BILDERGALERIE NICHT ÖFFNEN KANN.
SIND KEINE FOTOS DRAUF, DIE ANDERE BESSER NICHT SEHEN SOLLTEN?
NEIN, DA GIBT ES NICHTS, WAS JEMAND NICHT SEHEN DÜRFTE.
GARLAND KÖNNTE ÜBER DAS HANDY VERSUCHEN, KONTAKT AUFZUNEHMEN, DESHALB MÜSSEN WIR ES VERWENDEN, TUT MIR LEID.
SIE PLANEN ALSO SCHON ETWAS GEGEN DEN CLAN?

GUT, DASS ICH VORSICHTSHALBER ALLENS KONTAKT BLOCKIERT HABE.
BRAUCHST DU SONST NOCH IRGENDETWAS?
DIE DINGE FÜR DEN TÄGLICHEN GEBRAUCH BRINGEN WIR DIR IN NÄCHSTER ZEIT. WENN DU ANSONSTEN NOCH WÜNSCHE HAST, VERSUCHEN WIR UNSER MÖGLICHSTES.
DANKE, MOMENTAN BRAUCHE ICH NICHTS.
ACH JA? NUR KEINE HEMMUNGEN! ES WIRD EINE LANGE ZEIT HIER WERDEN.
GINO... GEHT VIELLEICHT NICHT EIN KLAVIER?
HÄ?! EIN KLAVIER?!
ER IST DOCH PIANIST...
IST SCHON OKAY, DAS IST NICHT NÖTIG.

ABER... DEN GANZEN TAG ALLEIN HIER IM ZIMMER, DA HAT ER DOCH GAR NICHTS ZUR ABLENKUNG!
HM...
DA FÄLLT MIR EIN, ES STEHT, GLAUBE ICH, EIN KAPUTTES KLAVIER BEI MEINER NICHTE...
ABER WENN MAN AUS DEM ZIMMER HIER KLAVIERMUSIK HÖRT, WÄRE DAS EIN PRO-BLEM.
S... STIMMT...
IST SCHON OKAY, WIRKLICH. DANKE.

AUF EINEM GEBRAUCHTEN E-PIANO KÖNNTE ER NACH HERZENSLUST SPIELEN.
WAS?
DAS GEHT DOCH MIT KOPFHÖRERN, ODER? SOLL ICH MICH MAL NACH EINEM UMSEHEN...
... LILI? ♥
GINO!
KEINE PANIK, ICH SAG AUCH NIEMANDEM WAS!
OH, EINE NACHRICHT?

KIEFER!
KLAPPER
NOLAN HAT SICH GEMEL-DET, GARLAND HAT GEANT-WORTET!
UND, WAS SAGT ER?
SIEH DIR DAS AN!

DAS IST HARRIS! ER LEBT!
HARRIS? DOCH NICHT DER METZGER, DER KONTAKTPERSON ZU DOMINIK WAR?
DOCH, GENAU DER.
ICH DACHTE, ER WÄRE TOT?
DAS WAR WOHL EIN VOREILIGER SCHLUSS.

ALS AGASSI DORT WAR, UM SICH DIE SACHE ANZUSEHEN, HAT ES AM BODEN NACH EINER GROSSEN MENGE BLUT GEROCHEN, SAGTE ER.
DESHALB SIND WIR DAVON AUSGEGANGEN, DASS ES HARRIS ERWISCHT HAT...
NUR DIESES FOTO?
JA. VERSTEH SCHON.
DIE WOLLEN EINEN GEFANGENEN-AUSTAUSCH GEGEN JOSH GARLAND.
...

DU SIEHST AUS, ALS HÄTTEST DU DAMIT GERECHNET, KIEFER.
DESHALB MEINTEST DU, IHN SEIN RESTLICHES LEBEN LANG HIER GEFANGEN ZU HALTEN WIRD NICHT GEHEN?
EIN JOSH GARLAND KANN DIESEN KRIEG NICHT BEEN-DEN.
EIN GEFANGE-NENAUS-TAUSCH...
DIE HOFFNUNG, DAS DAMIT ZU ERREICHEN, HATTE ICH AUCH FAST, ABER DAS WAR NAIV.
VERSTEHE ICH, ABER SEHEN WIR ES POSITIV, WIR KRIEGEN EI-NEN UNSERER TOTGEGLAUB-TEN LEUTE WIEDER.
JA, GENAU, SEHEN WIR ES DOCH MAL POSITIV.
MARLENE KOMMT HIER WIEDER WEG?
ZEIT UND ORT?
MORGEN UM 13 UHR N DER KREU-ZUNG VOR DEM HAKI-GREEN-HOTEL.

DA IST ALLES VOLLER MENSCHEN...
ES SOLL DOCH OHNE GEWALT ABLAUFEN. DIE WERDEN KEINE WAFFEN BENUTZEN UND WIR VERWANDELN UNS NICHT IN WÖLFE.
ABER DENK AN DIE MÖGLICHKEIT VON SCHARFSCHÜTZEN. WIR MÜSSEN DIE GEBÄUDE IN DER GEGEND KONTROLLIEREN.
JA, STIMMT. SOLLEN WIR AUCH SCHARFSCHÜTZEN BEREITHALTEN?
JA. UND SOLLTE WIRKLICH AUF EINEN VON UNS GESCHOSSEN WERDEN, MUSS JEMAND HIER BESCHEID SAGEN UND JOSH GARLAND ERSCHIESSEN.
KEINE PANIK! WENN BEIDE SEITEN GLEICH GUT VORBEREITET SIND, WIRD ES ZU KEINEM SCHUSSWECHSEL KOMMEN.
COYOTE...

WENN ER ZURÜCK BEI DEN GARLANDS IST, WERDEN SIE IHN SICHER EINE WEILE DORT AUF DEM ANWESEN FESTHALTEN.
WAS?
DIE WOLLEN JA BESTIMMT NICHT, DASS WIR UNS IHREN WERTVOLLEN ERBEN NOCH MAL HOLEN. ER SOLL SICH ALSO DORT ERST MAL RUHIG VERHALTEN, SAG IHM DAS!
DAMALS SOLLTEST DU IHN BEI SEINER ROUTI-NEARBEIT AUSSPIO-NIEREN, JETZT MÖCHTE ICH, DASS DU WEITER AUF BEOBACHTUNGSPOS-TEN BLEIBST UND BERICHT ERSTAT-TEST, FALLS SICH ETWAS TUT.
KRIEGST DU DAS HIN?
OKAY. ICH KRIEG DAS HIN.
DAS E-PIANO BRAUCHEN WIR DANN WOHL NICHT MEHR.

ZACK

ICH BIN SO FROH!
MARLENE WIRD LEBEND HIER WEGKOMMEN! ICH BIN JA SO ERLEICHTERT!
DONK
ABER DAMIT IST DAS PROBLEM NICHT GELÖST... WENN ICH IHN WEITER BEOBACHTEN SOLL, BEDEUTET DAS, ER IST IMMER NOCH EINE ZIELPERSON.
UND...
... WIR KÖNNEN UNS ERST MAL NICHT MEHR TREFFEN.

UND DAS...
... WO WIR UNS ENDLICH ALLES SAGEN KONNTEN...
LILI, ICH LIEBE DICH.

BADUMM
DANN KRIEGEN WIR ES ZUSAMMEN HIN.
ICH HAB DOCH DICH.
ICH LIEBE DICH, LILI.

...
DU WEISST VON DER SACHE MIT DEM GEFANGENENAUSTAUSCH?
MIR TUT DAS ALLES SO LEID! DASS MEINE FAMILIE EINEN VON EUCH GEFANGEN GEHALTEN HAT...
DU MUSST KEINE SCHULDGEFÜHLE HABEN, DU HATTEST DAMIT DOCH NICHTS ZU TUN.
UND DANK DIR KÖNNEN WIR IHN DOCH ERST BEFREIEN!

DANKE, DASS DU DAS SAGST.
VOR ALLEM KOMMST DU LEBEND HIER RAUS!
TAP
AUCH WENN ICH ES EIN BISSCHEN SCHADE FINDE. ES WAR SCHÖN, DICH JEDEN TAG SEHEN ZU KÖNNEN.
RED KEINEN UNSINN, SO IST ES DOCH BESSER!
WIE KRIEGEN WIR ES IN ZUKUNFT HIN, UNS ZU TREFFEN?
ICH WEISS ES NICHT...
BESTIMMT WIRD MAN MICH ERST MAL NICHT MEHR RAUSLASSEN UND MEIN GROSSVATER WIRD BEFEHLEN, MICH ZU BEWACHEN.
JA... WAHRSCHEINLICH KÖNNEN WIR UNS EINE WEILE NICHT SEHEN.

DAS WIRD HART.
MORGEN VORMIT-TAG BIN ICH HIER WEG.
JA.
ALSO...
LILI?
ALSO HABEN WIR NUR NOCH...

... DIESE NACHT ZUSAMMEN.

LILI!
ZWIRL
WHUPP

DRÜCK
AH... LILI...

MARLENE... AH... WARTE, DAS LICHT AUS...
DAS LICHT?
OKAY, SONST NOCH WAS? DANN SAG ES JETZT GLEICH.
ICH WERDE NICHT NOCH MAL AUFHÖ-REN.

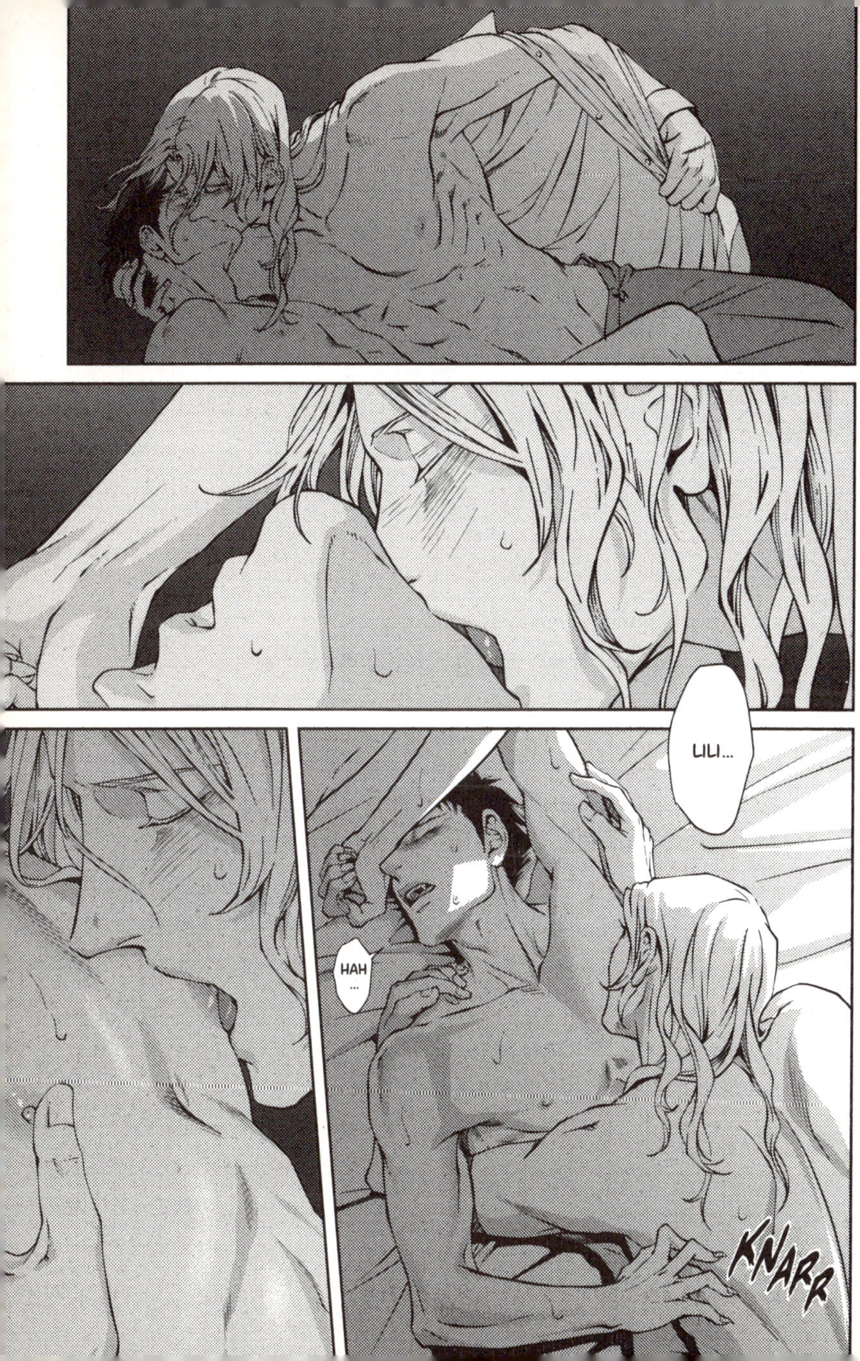
LILI...
HAH ...
KNARR

DAS IST DAS ERSTE MAL, DASS ICH ES AUSSERHALB DER VOLLMONDPERIODE MIT DIR MACHE.
ZUCK
ZUCK
MH!
AH!
HAH...
AH...
DRÜCK

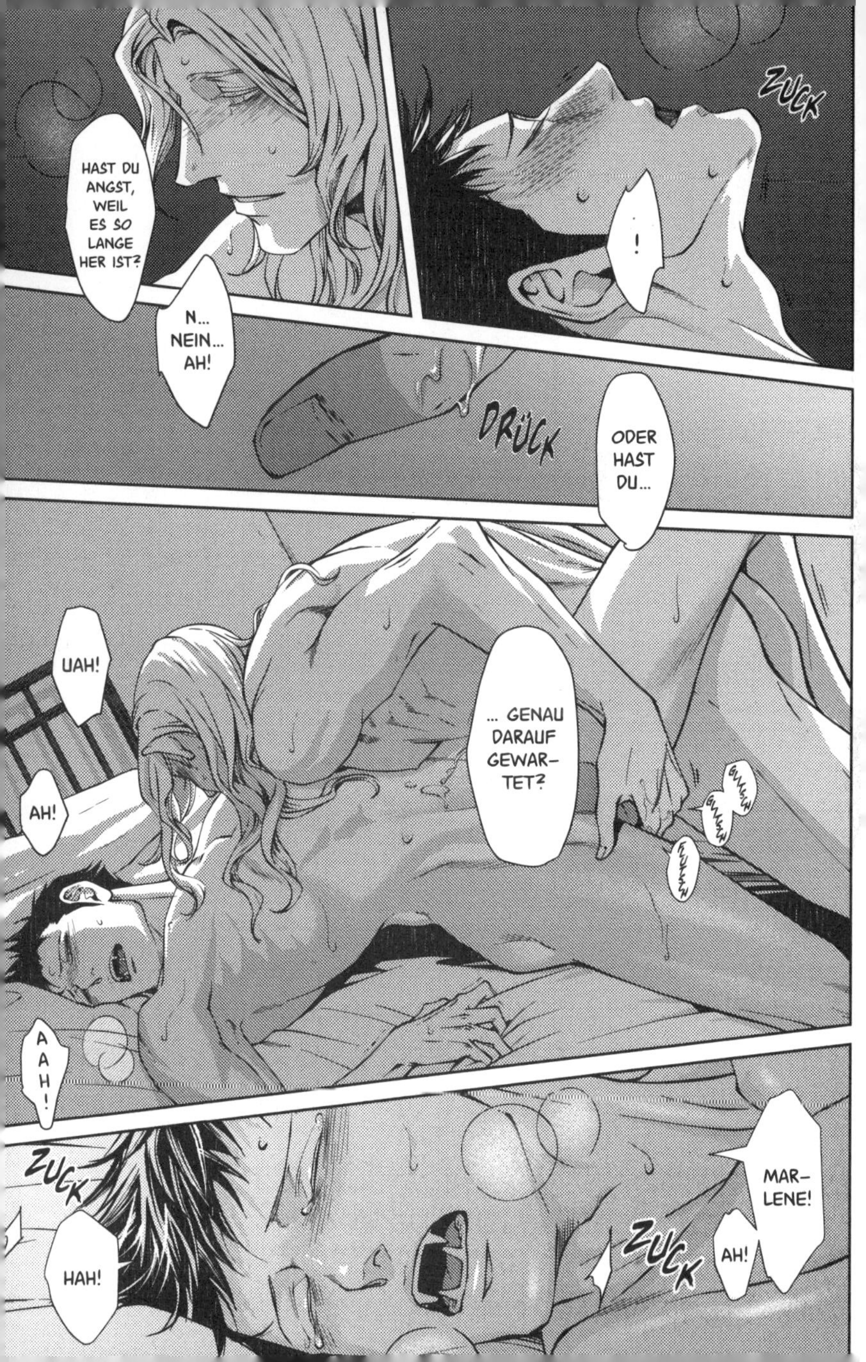
ZUCK
!
HAST DU ANGST, WEIL ES SO LANGE HER IST?
N... NEIN... AH!
DRÜCK
ODER HAST DU...
... GENAU DARAUF GEWARTET?
UAH!
AH!
AAH!
MAR-LENE!
ZUCK
AH!
ZUCK
HAH!

ZUCK
AH!
HAH HAH ...
HAH HAH ...
MMH ...
HAH!
M... MAR-LENE ...
ZUCK
FUMMEL
FUMMEL
ZUCK
AH!
ZUCK
AH!
ICH... KOMME ...
FLUPP
AH!
ZUCK
BEB
!
WARTE.

ICH STECK IHN REIN.
AH!
AH!
AH!
MH!
FLUTSCH
BEB
GNNN
AAH!
FLUTSCH

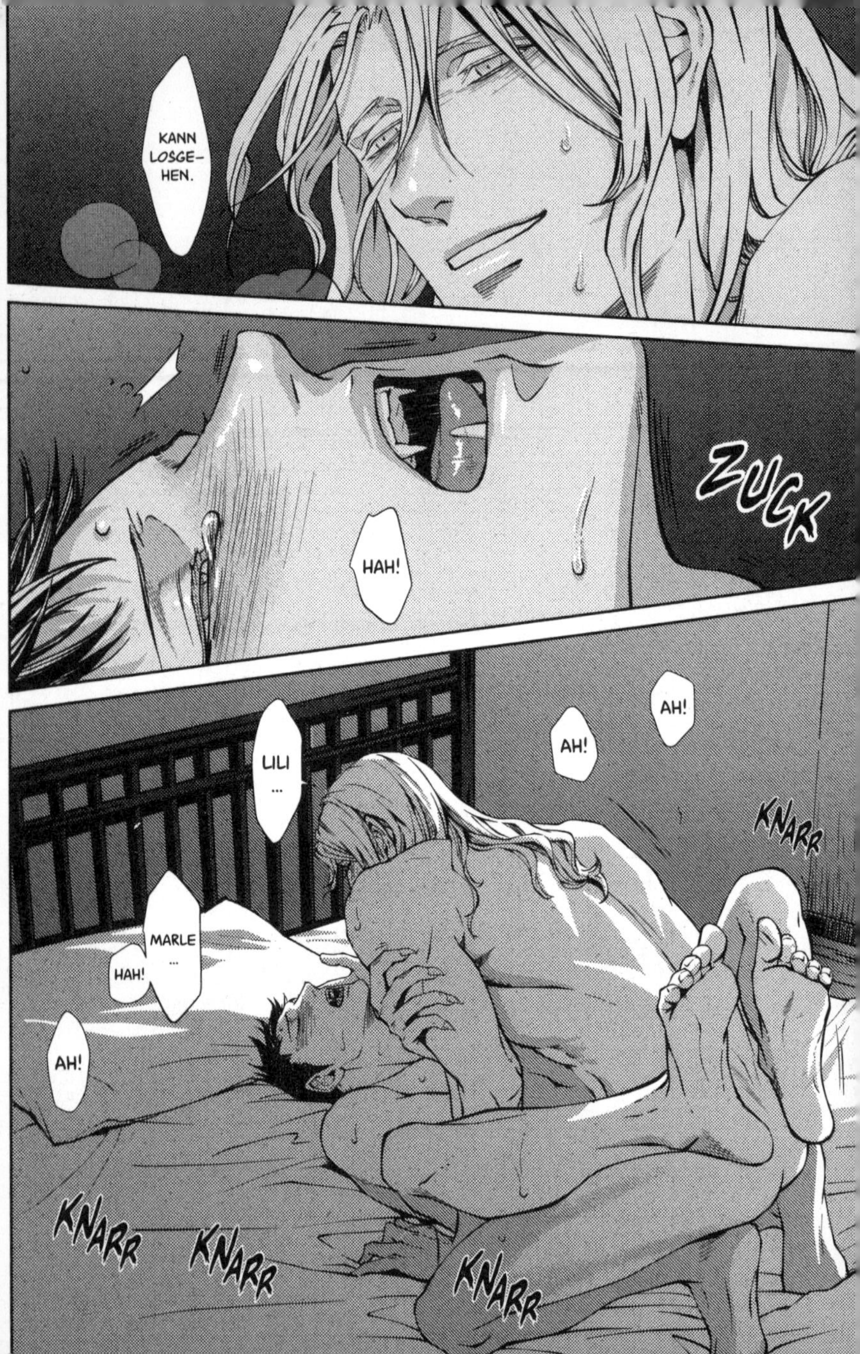
KANN LOSGE-HEN.
ZUCK
HAH!
AH!
AH!
KNARR
LILI ...
MARLE ...
HAH!
AH!
KNARR
KNARR
KNARR

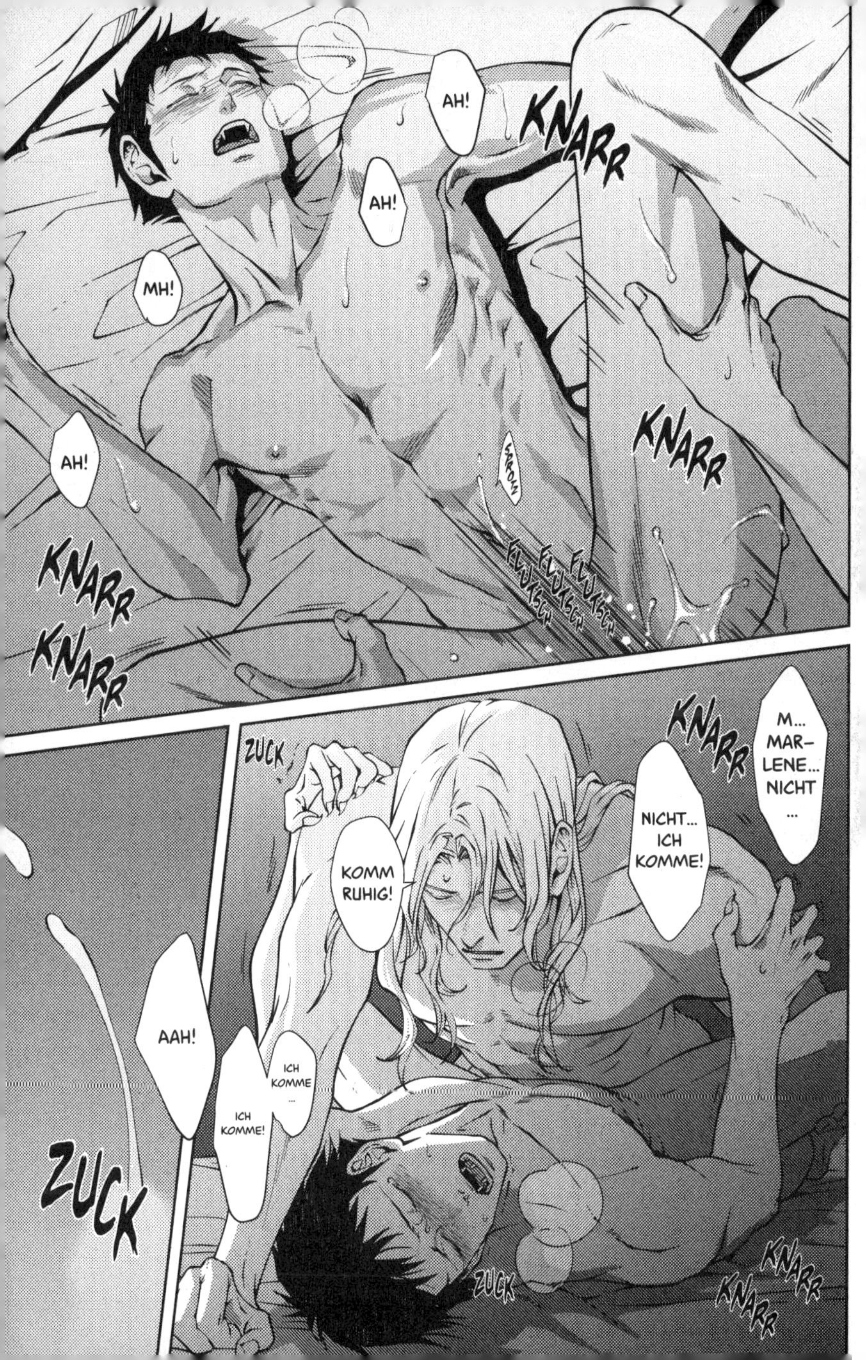
AH!
KNARR
AH!
MH!
KNARR
AH!
GROAN
FLUTSCH FLUTSCH FLUTSCH
KNARR
KNARR
M... MAR-LENE... NICHT ...
KNARR
NICHT... ICH KOMME!
ZUCK
KOMM RUHIG!
AAH!
ICH KOMME ...
ICH KOMME!
ZUCK
ZUCK
KNARR
KNARR

MH!
ZUCK
MH!
KNARR
HAAAAH...
JA...
ZUCK
ZUCK
KNARR
KNARR
HAH...
HAH...
WAR DAS GUT?
ZUCK
AH...
HAH...
MH...
ZUCK

ICH VERWÖHNE DICH, SO OFT DU WILLST...
WARTE!
ZACK

LILI?
MARLENE, ICH...
ICH!
SAG ES, LILI...

ICH LIEBE DICH!

LILI, ICH LIEBE DICH.
ICH LIEBE DICH...
WIR KRIEGEN DAS HIN.

HIER KARASU, BITTE MELDEN.
WAS GIBT'S?
AUF D6 EINEN SCHARF-SCHÜTZEN AUSSER GEFECHT GESETZT.
IN ORDNUNG. BLEIBT WEITER WACHSAM.
VER-STAN-DEN.

DAMIT HABEN SIE ZU DREI SCHARFSCHÜTZEN KEINEN KONTAKT MEHR. GARLAND DÜRFTE INZWISCHEN GEMERKT HABEN, DASS ETWAS NICHT STIMMT.
DA KOMMEN SIE.
ES IST HARRIS, KEIN ZWEIFEL. ER SIEHT ERSCHÖPFT AUS, ABER ER LEBT.
ZWEI MÄNNER IM SCHWARZEN ANZUG. SIEHST DU NOCH JEMANDEN VON GARLANDS LEUTEN?
DIE ZWEI ANZUGTYPEN KOMMEN MIR BEKANNT VOR, ANSONSTEN KANN ICH NIEMANDEN ERKENNEN.

DANKE FÜR ALLES.
NOLAN, GEH DAVON AUS, DASS DIE UMGE-BUNG VON GARLAND GESICHERT IST.
OKAY.
DANN LOS, SEID VORSICHTIG!
DAS IST DIE LETZTE WARNUNG, JOSH GARLAND. VERLASS DIE STADT UND MISCH DICH NIE WIEDER IN DIESEN KRIEG EIN.

IRGENDWIE WEISS ICH GAR NICHT MEHR, WER FEIND UND WER FREUND IST. WAS DU SAGST, KLINGT WENIGER NACH DROHUNG ALS NACH SORGE UM MICH.
ÜBER-TREIB MAL NICHT.
WIE ICH DIR ANFANGS GESAGT HATTE, GING ES MIR ALLEIN DARUM, MICH MIT LILI ZU VERSÖHNEN. UND ICH WOLLTE IHN ÜBERREDEN, MIT MIR DIE STADT ZU VERLASSEN.
ABER... AUCH WENN ES NUR EIN KURZER ZEITRAUM WAR, DEN ICH MIT EUCH IN KON-TAKT WAR... ICH HABE VERSTAN-DEN, DASS ES ABSOLUT REALI-TÄTSFERN WÄRE...
... DASS LILI EUCH UND ALLES HIER HINTER SICH LÄSST UND MIT MIR WEGGEHT.
ICH BIN DIE GANZE ZEIT VOR DEM KRIEG ZWISCHEN EUCH UND DEM CLAN DAVONGE-LAUFEN.

ABER JETZT DENKE ICH, WENN ES EINE ZUKUNFT FÜR LILI UND MICH GEBEN SOLL, DANN MUSS DIESER KRIEG BEENDET WERDEN.
DU WIRST DRAUF-GEHEN.
WIR GEHEN JETZT.
KLAPPER
WHAMM

EIGENTLICH WURDE MIR GESAGT, ICH SOLLE MICH VON DIR FERNHALTEN, ABER DAFÜR HAB ICH MICH FREIWILLIG GEMELDET.
DU LIEGST COYOTE SEHR AM HERZEN, WEISST DU?
UND AUCH WENN WIR UNS NOCH NICHT LANGE KENNEN, DU HAST AUCH MICH ZUM NACHDENKEN GEBRACHT.

MACH'S GUT.
DANKE FÜR ALLES.

KOMM, JOSH.

DAS GING JA SCHNELL, UND ALLES NUR WEGEN EINES EIN-ZELNEN MENSCHEN.

URSPRÜNGLICH HAT DER STAAT HIER WOHNUNGEN AUFKAUFEN LAS-SEN, WEIL DIE BESITZER DIESER GEBÄUDE DAS PROBLEM HATTEN, DASS SIE NACH DER GESETZESREFORM DER BAUNORMEN DIESE NICHT MEHR ERFÜLLEN KONNTEN.
EINE VORSICHTS-MASSNAHME, FALLS JOSH ZU HAUSE IM CLAN AUSPLAU-DERT, WO MAN UNS FINDET, DOMINIK?
JA, SIEHT SO AUS.
DAS MIT HARRIS LIEF UNGLÜCK-LICH. IST ER SO WEIT OKAY?
ALS ICH IHN DORT GESEHEN HABE, KONNTE ER SICH GERADE MAL AUF DEN BEINEN HALTEN. GENAUERES WEISS ICH ABER NOCH NICHT.
ABER ES STAND ALLES GANZ SCHNELL WIEDER LEER.

TJA, DABEI HÄTTE GAR-LAND DOCH GEWARNT SEIN MÜSSEN, DEN ANFÜHRER DER WERWÖLFE WEITER ZU VERÄRGERN.
WENN EINER IM RUDEL LEIDET, LEIDET DAS GANZE RUDEL.
DANN HÖRT MAN SIE VOR WUT UND TRAUER HEULEN.
HUOOOOH!
SO KLINGT DAS DANN ...
Fortsetzung folgt...

After Scene 14

BIS ZUM MORGEN IST NOCH ETWAS ZEIT, DU SOLL-TEST NOCH EIN BISSCHEN SCHLAFEN. ICH GEHE JETZT AUCH IN MEIN ZIMMER ZU-RÜCK.
JA.
MARLENE, ICH WERDE NICHT IM WAGEN MIT ZUM ORT DES GEFAN-GENENAUS-TAUSCHS FAHREN.
ICH WERDE MICH IN DER NÄHE DER KREUZUNG BEREITHALTEN UND DAS GANZE BEOBACHTEN. DANACH WERDE ICH DEM AUTO DES CLANS ÜBER DIE DÄ-CHER FOLGEN.
SOLLTE MAN DICH NICHT INS ANWESEN GAR-LANDS BRINGEN, WERDE ICH DIR WEITER FOLGEN UND IMMER DA SEIN.
GUT, ABER BITTE MACH NICHTS UNVER-NÜNF-TIGES.
DAS SAGST AUSGE-RECHNET DU?

EIGENTLICH WAR ICH SCHON ETWAS NERVÖS UND BESORGT, ES KÖNNTE ETWAS SCHIEF-LAUFEN.
ABER WENN ICH WEISS, DASS DU...
... DA IRGENDWO BIST UND MICH IM BLICK HAST...
... DANN KANN ICH GANZ BERU-HIGT DORT STEHEN.
ENDE

HALT!

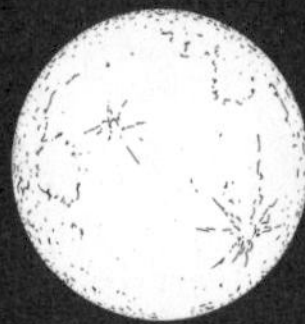

MIX
Papier aus verantwortungsvollen Quellen
FSC® C083411
FSC www.fsc.org

CARLSEN MANGA

Aus dem Japanischen von Dorothea Überall
Coyote Volume 3

Originally published in Japan in 2020 by Frontier Works Inc.,Tokyo.
German translation rights arranged with Frontier Works Inc.,Tokyo,
through TOHAN CORPORATION, Tokyo.
Redaktion: Britta Hellwig
Herstellung: Björn Liebchen

ISBN: 978-3-551-73675-8